ANIMAIS FANTÁSTICOS E ONDE HABITAM™

GUIA DO MUNDO MÁGICO DO FILME

de Michael Kogge

Tradução de Regiane Winarski

ROCCO
JOVENS LEITORES

www.fantasticbeasts.com

Título original: Fantastic Beasts and where to find them: Magical Movie Handbook

Publicado no Brasil em 2016 pela Editora Rocco Ltda., mediante acordo com a Scholastic Inc.

Tradução: Regiane Winarski

Direção de arte: Rick DeMonico
Design de página: Keirsten Geise

Direitos para a língua portuguesa reservados com exclusividade para o Brasil à
EDITORA ROCCO LTDA. – Av. Presidente Wilson, 231 – 8º andar – 20030-021 – Rio de Janeiro, RJ
Tel.: 3525-2000 – Fax: 3525-2001 – rocco@rocco.com.br | www.rocco.com.br

CIP-Brasil. Catalogação na fonte.
Sindicato Nacional dos Editores de Livros, RJ

K84a Kogge, Michael
Animais fantásticos e onde habitam: Guia do mundo mágico do filme / Michael Kogge; tradução Regiane Winarski. – Primeira edição. – Rio de Janeiro: Rocco Jovens Leitores, 2016.
Tradução de: Fantastic beasts and where to find them: magical movie handbook
ISBN 978-85-7980-304-8 | 1. Ficção britânica. 2. Fantasia. I. Winarski, Regiane. II. Título.

16-34094 CDD: 823 CDU: 821.111-3

Impresso na China

SUMÁRIO

INTRODUÇÃO 4

PERSONAGENS 6

ANIMAIS 36

ORGANIZAÇÕES 44

LOCAIS 54

VARINHAS MÁGICAS & FEITIÇOS 88

INTRODUÇÃO

Newt Scamander, o mais importante magizoólogo do mundo, acredita com firmeza que os animais mágicos devem ser estudados e protegidos. Newt fez disso sua missão de vida, viajando pelo planeta para elaborar sua pesquisa.

A aventura começa quando Newt chega em Nova York no inverno de 1926, sem nada além das roupas do corpo e de uma mala de couro modesta. Mas não é uma mala comum – ela é o extraordinário lar de uma variedade fantástica de criaturas mágicas!

Jacob Kowalski – a quem a comunidade bruxa americana chama de SemMag por não ter poderes mágicos – encontra Newt quando os dois estão em um banco. Depois de um mal-entendido, Jacob e Newt se metem em uma briga fora do banco, e os dois trocam as malas sem querer. Jacob tem a maior surpresa de sua vida quando volta para casa e abre a mala de Newt, libertando acidentalmente muitos dos amados animais do magizoólogo.

Enquanto isso, um ser sombrio e feroz está aterrorizando Nova York. Ele esmaga carros, explode paredes e estilhaça janelas. Alguns SemMags culpam as condições climáticas para explicar os eventos incomuns, mas outros desconfiam da verdade: há magia negra acontecendo. Mary Lou Barebone, a líder da Sociedade Filantrópica da Nova Salem, lidera uma campanha acusatória com o objetivo de alertar as pessoas sobre o que acredita ser bruxaria e feitiçaria macabra.

Enquanto Newt procura seus animais fugidos pela cidade, ele se envolve cada vez mais não só com Jacob, mas também com duas irmãs bruxas chamadas Tina e Queenie Goldstein, que trabalham para o Congresso Mágico dos Estados Unidos da América, o MACUSA. Ao tomar ciência do incidente com as criaturas, o Congresso responsabiliza Newt pelos problemas na cidade.

Newt tenta sem sucesso convencer as autoridades do MACUSA de que seus animais são inocentes. Ele já viu esse tipo de destruição antes e acredita ser sinal de um Obscurus – uma força sombria e violenta que se manifesta quando uma criança nascida com poderes mágicos reprime sua habilidade. Mas o MACUSA se recusa a acreditar que possa haver um Obscurus em Nova York. Não há registros de um nos Estados Unidos há mais de duzentos anos, desde que bruxos e bruxas americanos começaram a praticar magia em segredo.

Como Newt pode se salvar – e aos seus animais – se ninguém quer ouvir a verdade?

PERSONAGENS

NEWTON "NEWT" SCAMANDER

PROFISSÃO: O MAIS FAMOSO — E ÚNICO — MAGIZOÓLOGO DO MUNDO

ORIGEM

Newt cresceu na Inglaterra e se apaixonou por animais fantásticos logo cedo. Ele estudou em Hogwarts, onde foi colocado na casa Lufa-Lufa. Newt gostava de aprender sobre o treinamento de criaturas mágicas, assim como sua grande amiga Leta Lestrange. Mas, um dia, Leta foi longe demais com um experimento que acabou botando a vida de um colega em perigo. Em vez de permitir que sua boa amiga fosse expulsa, Newt assumiu a culpa e foi expulso no lugar dela.

MESTRE DE DRAGÕES

Durante a Grande Guerra, Newt exerceu seu dever patriótico trabalhando na Divisão de Animais para o Ministério da Magia, cuidando de Barrigas-de-Ferro Ucranianos. Depois, ele foi encarregado de escrever um livro sobre criaturas mágicas, e tem viajado pelo globo desde então, compilando anotações.

MAGIZOOLOGIA

Newt estuda magizoologia. Ele descobre e estuda criaturas mágicas de todo o mundo para orientar melhor a comunidade bruxa. É comum que muitos desses animais estejam em risco ou até à beira da extinção, e Newt vai ao resgate deles. Ele criou habitats pacíficos dentro da mala para cada animal resgatado poder viver livremente e se preocupa com eles como se fosse a mãe das criaturas.

LIVRO DE FEITIÇOS

Newt gosta de uma variedade de feitiços, incluindo *Aberto*, que abre portas e janelas; *Accio*, que atrai objetos; e *Reparo*, que conserta objetos que foram quebrados – na maioria das vezes por seus animais.

A MALA DE NEWT

Do lado de fora, a mala de couro de Newt não poderia parecer mais normal. Mas seu interior não poderia ser mais especial.

GIRE O BOTÃO PARA UM LADO . . .

Se o botão de ferro na mala de Newt for virado para "Versão Trouxa", ao se abrir ela vai exibir roupas, mapas e outros itens corriqueiros que Newt reuniu para sua longa viagem.

GIRE O BOTÃO PARA O OUTRO LADO . . .

Se o botão de ferro for girado para "Abrir", ao se abrir ela vai revelar um portal para um novo mundo.

New-York

NOVOS MUNDOS

Enquanto está em Nova York, Newt é apresentado a tudo que a cidade tem a oferecer: bairros fascinantes, belos parques, o zoológico do Central Park e até o Congresso Mágico dos Estados Unidos da América, conhecido como MACUSA.

A FUGA DO PELÚCIO

Os planos de Newt são comprometidos quando um dos animais resgatados, o Pelúcio, foge da mala dele. A criatura coberta de pelos tem uma queda por objetos brilhantes – principalmente moedas, fivelas de sapatos e diamantes –, que estão por toda parte em Nova York!

NOVOS AMIGOS

Assim como se aventurou em um mundo novo, Newt também se lançou em novas amizades. Ele fica amigo de Jacob Kowalski, um aspirante a padeiro, e de Tina e Queenie Goldstein, duas bruxas que trabalham para o MACUSA.

ANIMAL DE ZOOLÓGICO

Newt logo descobre que mais animais fugiram da mala, e um deles está provocando uma confusão no zoológico do Central Park. Para atrair esse animal similar a um rinoceronte, o Erumpente, de volta para a mala, Newt resolve passar em si um pouco do almíscar do animal – mas acaba acidentalmente borrifando o aroma em Jacob.

PORPENTINA "TINA" GOLDSTEIN

PROFISSÃO: FUNCIONÁRIA DO GABINETE DE LICENCIAMENTO DE VARINHAS DO MACUSA

ORIGEM

Na infância de Tina, os pais dela faleceram de varíola de dragão, deixando Tina e sua irmã mais nova, Queenie, sozinhas. Tina desenvolveu suas habilidades mágicas na Escola de Magia e Bruxaria de Ilvermorny, a instituição acadêmica norte-americana para jovens bruxas e bruxos. Tina é uma observadora astuta, o que, em combinação com sua ética rigorosa de trabalho, a tornou uma excelente Auror do MACUSA.

AUROR AUDACIOSA

Como Auror, Tina se destacou na investigação de crimes cometidos contra a comunidade bruxa. No entanto, a sua relutância em deixar para trás um caso específico e controverso – apesar das instruções de seus superiores – provocou o seu rebaixamento ao Gabinete de Licenciamento de Varinhas.

LIVRO DE FEITIÇOS

Como sua função anterior exigia que Tina investigasse prédios e multidões, o que a levou a se tornar altamente capacitada na observação de outros, seu repertório de feitiços inclui qualquer coisa que a impeça de ser vista ou ouvida pelas pessoas que está observando. Como todas as bruxas e bruxos, se for descoberta, Tina pode usar o Obliviate para apagar qualquer lembrança da presença dela de uma mente SemMag.

SEGUINDO O RASTRO

Tina continua a vigiar os Segundos Salemerianos, um grupo de pessoas que transformou em missão de vida acabar com a magia e a bruxaria. Vai ser necessário mais do que um rebaixamento para impedir Tina de continuar o trabalho que nasceu para fazer.

SEGUNDA CHANCE

Depois que Newt e Jacob finalmente conseguem levar a Erumpente de volta para a mala de Newt, Tina a fecha com eles dentro e a entrega para a Confederação Internacional de Bruxos e Bruxas do MACUSA – torcendo para que esse gesto culmine na sua reintegração como Auror. Mas a presidente Picquery não é tão misericordiosa, e Tina e Newt são repreendidos e enviados para Graves para serem sentenciados.

NOTÍCIAS DE NATAL

Tina descobre mais do que o espírito natalino em uma loja de departamentos de Nova York – ela passa a respeitar Newt e como ele cuida de seus animais. Os dois rastreiam um animal invisível, um Seminviso chamado Dougal, pela loja. Juntos, eles recapturam outro animal, o alado Occami, usando um bule – e um pouco de raciocínio rápido.

GUARDIÃ SECRETA

Sabendo que deve partir para ajudar a combater o Obscurus, Newt confia a Tina o trabalho de sua vida: a mala contendo os animais fantásticos que reuniu. Ele também dá a ela seu manuscrito sobre como cuidar dessas criaturas incríveis.

JACOB KOWALSKI

PROFISSÃO: ASPIRANTE A PADEIRO

ORIGEM

Apesar de Jacob ser polonês de nascimento, ele não deseja nada mais do que viver o sonho americano: se casar e abrir seu próprio negócio. Mas Jacob não tem dinheiro para abrir sua própria padaria e acaba em um trabalho sem futuro em uma fábrica de enlatados.

BEM ALI

Enquanto estava na Europa, Jacob lutou pela Força Expedicionária Norte-Americana na Grande Guerra. Ele ficou na Europa até meados dos anos 1920, antes de voltar para Nova York, sonhando em levar os doces poloneses para os Estados Unidos.

DOCE DO PADEIRO

Dois dos melhores doces de Jacob são *babka* e *pączki*, que ele faz seguindo receitas da avó polonesa. O ingrediente secreto dela para o *pączki* é simples – raspas de casca de laranja. Jacob está confiante de que, quando os nova-iorquinos provarem, não vão conseguir resistir aos doces.

AMARGURA DO PADEIRO

Jacob tenta pedir um empréstimo ao sr. Bingley do Banco Nacional Steen em Nova York. Bingley nega o empréstimo para a padaria de Jacob porque não vê como um padeiro possa competir com máquinas que cospem doces às centenas.

MILDRED

O fracasso de Jacob em conseguir um empréstimo não é bem recebido por sua noiva, Mildred, que está cansada de viver na pobreza. Ela termina o noivado na esperança de encontrar um homem com melhores perspectivas. Jacob fica de coração partido e sozinho.

ATAQUE DE MURTISCO

Depois de ter sido abandonado pela noiva, Jacob abre a mala e encontra uma surpresa – sua mala foi trocada pela de Newt por engano! Além disso, um dos animais de Newt, um Murtisco, foge da mala e dá uma mordida no pescoço de Jacob. Ele consegue jogar a criatura roedora para longe antes de cair inconsciente pela mordida.

REINO SELVAGEM

Newt leva Jacob para dentro de sua mala mágica para dar a ele um remédio para a mordida. Lá, Jacob encontra uma variedade de criaturas estranhas, de Tronquilhos a Arpéus. Em pouco tempo, há Bezerros Apaixonados comendo de sua mão.

ENFEITIÇADO

Quando Jacob conhece Queenie Goldstein, não consegue parar de pensar nela, o que é terrível, porque Queenie pode ler mentes! Seja pela gargalhada cativante ou pela habilidade mágica na cozinha, Jacob tem certeza de uma coisa: ele está encantado por essa bruxa especial.

QUEENIE GOLDSTEIN

PROFISSÃO: FUNCIONÁRIA DO GABINETE DE LICENCIAMENTO DE VARINHAS DO MACUSA

ORIGEM

Queenie cresceu sob a proteção da irmã mais velha, Tina, depois que seus pais morreram. Como a irmã, Queenie estudou na Escola de Magia e Bruxaria de Ilvermorny, e mais tarde conseguiu um emprego no MACUSA no Gabinete de Licenciamento de Varinhas.

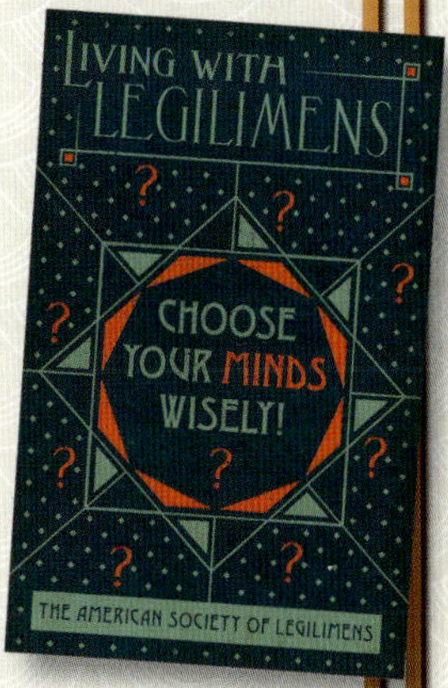

LEGILIMENS

Queenie tem um poder muito especial, a Legilimência, que lhe permite ler a mente das outras pessoas. Embora a princípio a clarividência possa parecer um dom, Queenie aprendeu rápido que nem sempre se quer saber o que o mundo ao seu redor está pensando o tempo todo.

LIVRO DE FEITIÇOS

Queenie adaptou feitiços básicos de locomoção para tecer fios e fazer tecidos para roupas. Ela também dominou a arte de automatizar receitas complicadas. Mas seus encantos vão muito além da bruxaria – sua personalidade calorosa e simpática é encantadora!

IRMÃ ENCORAJADORA

Enquanto as irmãs cresciam, suas posições se inverteram. Queenie começou a cuidar de Tina, que às vezes ficava obcecada demais pelo trabalho. Queenie apoia as paixões da irmã, mas tenta mantê-la longe de confusão.

ÍCONE DA MODA

O mundo da moda desperta a paixão de Queenie, e ela gosta de acompanhar as tendências. No entanto, ter um guarda-roupa de estilo custa caro, então Queenie faz suas próprias roupas em um manequim, usando revistas de moda como inspiração e a varinha como agulha mágica.

SEM RESTRIÇÕES

Queenie age imediatamente quando desconfia que a irmã está encrencada com o MACUSA. Quando está indo encontrar Tina, Queenie esbarra em Jacob, que está prestes a ter sua memória apagada e também precisa ser salvo! Finalmente, Queenie consegue recuperar a mala mágica da sala de Graves e sair com Tina e Newt lá dentro.

SERAPHINA PICQUERY

PROFISSÃO: PRESIDENTE DO MACUSA

ORIGEM

O carisma e a capacidade de liderança de Seraphina tornaram natural a sua ascensão na hierarquia do MACUSA. Ela chegou ao degrau mais alto quando seus colegas bruxos a elegeram presidente da organização.

TRAJE PRESIDENCIAL

Seraphina Picquery usa um adereço de cabeça de ouro e uma túnica bordada de dourado.

NENHUMA GUERRA

Seraphina vê como prioridade prevenir uma guerra desnecessária com os SemMags, pois tal confronto destruiria a paz que perdura há séculos. Ela quer esconder a existência de bruxas e bruxos da comunidade SemMag para evitar violência e retaliação.

O PROBLEMA COM TINA

Seraphina fica de olho em tudo que acontece no MACUSA, e é por isso que não fica feliz de saber que Tina Goldstein está agindo sem a sua autorização. A presidente a repreende grosseiramente na frente de toda a organização, o que reforça a ideia de que Tina não é de confiança.

JUSTIÇA RÁPIDA

Seraphina precisa manter o controle e a ordem da comunidade mágica, então, quando os animais de Newt começam a fugir ao controle e são acusados de destruir a cidade, ela logo bate o pé. Ela acusa Newt de uma violação, Tina de ser cúmplice, e os envia para seu conselheiro de confiança, Percival Graves. Mas Graves quer uma punição mais rigorosa: sentencia os dois à morte.

PERCIVAL GRAVES

PROFISSÃO: DIRETOR DE SEGURANÇA MÁGICA DO MACUSA

VERDADEIRA AGENDA

A presidente Picquery considera as habilidades excepcionais de Graves muito úteis e o valoriza como um de seus conselheiros de mais confiança. Mas é difícil saber o que há por trás do exterior seguro de Graves, e onde está sua verdadeira lealdade.

À CAÇA

Graves está procurando o que acredita ser a causa da destruição que está acontecendo em Nova York, um Obscurus, e convocou a ajuda de Credence para encontrá-lo. Ele acredita que, como Credence tem ligações com a Sociedade Filantrópica da Nova Salem que está tentando acabar com toda bruxaria, ele seria um aliado útil.

PINGENTE DAS RELÍQUIAS DA MORTE

Graves usa um colar com um pingente do símbolo das Relíquias da Morte – um triângulo com um círculo cortado no meio.

A FAMÍLIA BAREBONE

MARY LOU BAREBONE

PROFISSÃO: LÍDER DA SOCIEDADE FILANTRÓPICA DA NOVA SALEM

VIGIA DE BRUXAS

Mary Lou Barebone é uma ativista atenta contra magia e bruxaria. Ela culpa a magia negra pela destruição recente da cidade e organiza protestos para promover sua causa. Ela coage crianças pobres a espalharem suas mensagens de ódio e medo em troca de comida quente.

CHASTITY BAREBONE

PROFISSÃO: AJUDANTE NA SOCIEDADE FILANTRÓPICA DA NOVA SALEM

MÃEZONA

Chastity é a personificação da gentileza e foi adotada por Mary Lou. Chastity faz o que mandam para evitar conflitos, imprimindo panfletos e distribuindo mingau para crianças famintas da cidade.

MODESTY BAREBONE

PROFISSÃO: AJUDANTE NA SOCIEDADE FILANTRÓPICA DA NOVA SALEM

MENTE CURIOSA

Assim como a irmã mais velha, Modesty faz tudo que Mary Lou, a quem ama e teme, ordena. Mas Modesty secretamente acha a magia atraente e consegue uma varinha de brinquedo, apesar da reprovação da mãe por bruxaria.

CREDENCE BAREBONE

PROFISSÃO: AJUDANTE NA SOCIEDADE FILANTRÓPICA DA NOVA SALEM

ORIGEM

Credence é o mais velho dos três filhos adotados de Mary Lou. Sendo um jovem adulto, ele faz o que a mãe pede, vai a manifestações e distribui panfletos que promovem os objetivos dos Segundos Salemerianos.

CAÇADOR DE CRIANÇA

Percival Graves, um Auror do MACUSA, pede ajuda a Credence. Graves acha que uma das crianças pode ter um Obscurus, pois muitos acontecimentos estranhos ocorreram em torno da Sociedade. Em troca, Graves promete tornar Credence parte de uma família que vai aceitá-lo pelo que ele é de verdade.

A FAMÍLIA SHAW

HENRY SHAW SR.

PROFISSÃO: PRESIDENTE DA SHAW ENTERPRISES

MAGNATA DA IMPRENSA

Henry Shaw é o patriarca de uma das famílias mais proeminentes de Nova York. Como magnata da imprensa, ele tem imenso poder sobre a opinião pública. Seu império midiático inclui leitores em Boston, Nova York e Washington, D.C.

SENADOR HENRY SHAW JR.

PROFISSÃO: SENADOR DOS ESTADOS UNIDOS

GAROTO-PROPAGANDA

Como o pai, Henry Jr. quer poder e influência, então não é surpreendente que ele tenha trabalhado para se tornar senador dos Estados Unidos. Henry Jr. dá à família Shaw acesso especial a elaboradores de políticas públicas do governo e incentiva causas nas quais seu pai tem interesse direto.

LANGDON SHAW

PROFISSÃO: DESCONHECIDA

NOVA MANIA

Langdon Shaw não tem as ambições do irmão senador e do pai magnata. Mas sente inveja do sucesso do irmão e do relacionamento dele com o pai, então usa a Sociedade Filantrópica da Nova Salem para tentar conquistar a aprovação do pai. Infelizmente para ele, sua família não compartilha de seu entusiasmo.

ANIMAIS

FANTASTIC BEASTS

Farosutil

Arrebanhador

Tronquilho

Fiuum

Erumpente

Pelúcio

Special Feed Codes

- *Beaked (excl. Griffin)*
- *Feathered*
- *Horned*
- *Hooved (not Nogtails)*
- *Carapaced*

Habitat & Terrain Codes

- *Aquatic / Amphibious*
- *Burrowing*
- *Desert*
- *Tropical / Equatorial*
- *Temperate*

Fantastic Beasts
AND WHERE TO FIND THEM™

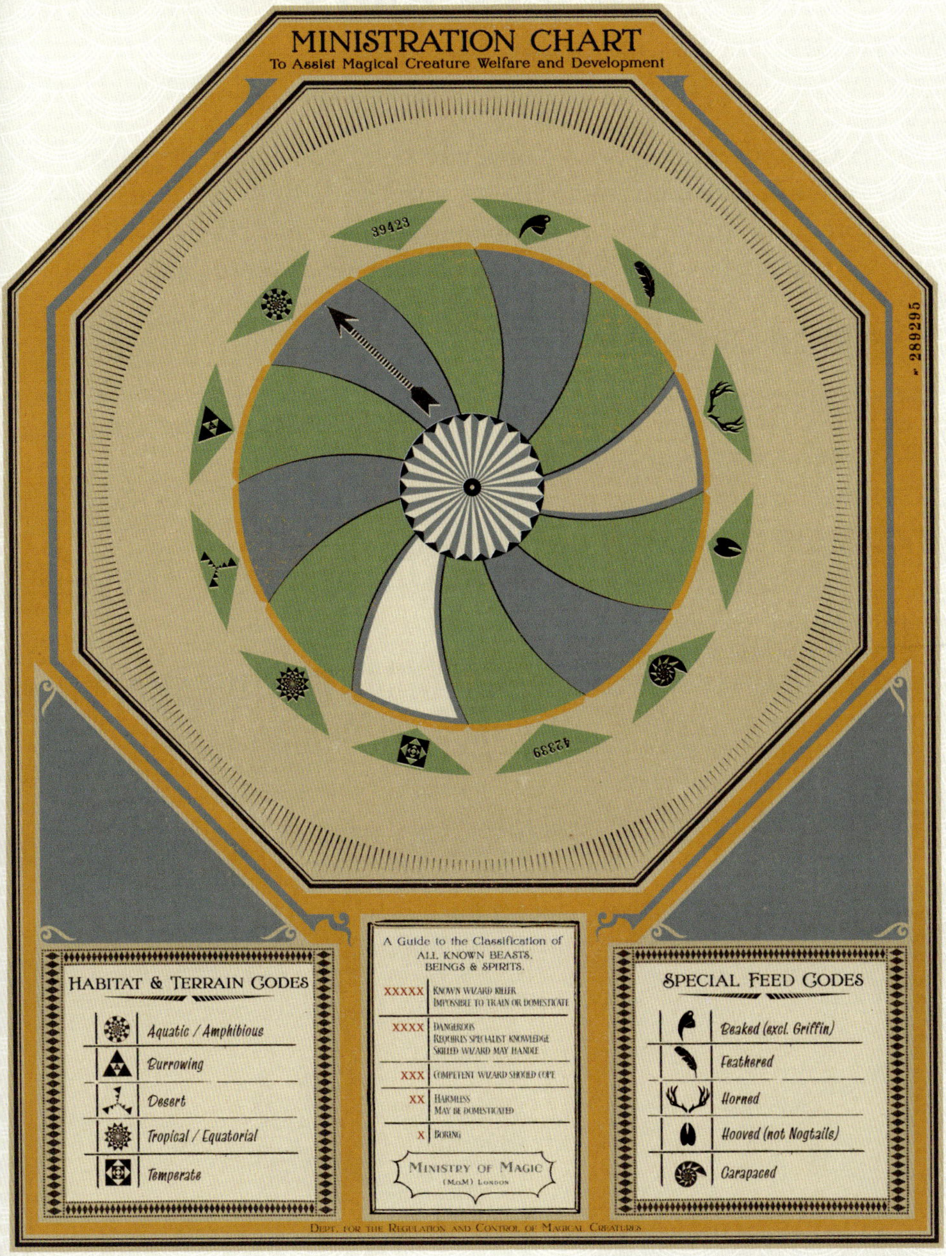

MINISTRATION CHART
To Assist Magical Creature Welfare and Development
39423
42339
289295
HABITAT & TERRAIN CODES
Aquatic / Amphibious
Burrowing
Desert
Tropical / Equatorial
Temperate
A Guide to the Classification of ALL KNOWN BEASTS, BEINGS & SPIRITS.
XXXXX Known wizard killer
Impossible to train or domesticate
XXXX Dangerous
Requires specialist knowledge
Skilled wizard may handle
XXX Competent wizard should cope
XX Harmless
May be domesticated
X Boring
Ministry of Magic
(M.o.M) London
SPECIAL FEED CODES
Beaked (excl. Griffin)
Feathered
Horned
Hooved (not Nogtails)
Carapaced
Dept. for the Regulation and Control of Magical Creatures

O OBSCURUS

A Confederação Internacional não concorda com a alegação de Newt de que um Obscurus está por trás da onda de destruição em Nova York. Que eles saibam, essa perigosa criatura não aparece nos Estados Unidos há mais de duzentos anos.

A CRIANÇA QUE RUGIU

Um Obscurus é a energia reprimida de uma criança obrigada a esconder seu talento mágico. Essa energia pode se manifestar como uma entidade capaz de explodir em fúria violenta e arrasadora.

EVIDÊNCIA CIENTÍFICA

Muitos SemMags ligam as perturbações recentes a fenômenos elétricos ou atmosféricos. Mary Lou Barebone e seus Segundos Salemerianos têm outra explicação: eles acham que a destruição vem de magia e bruxaria.

ENCHANTED DISPATCHES TO THE AMERICAN WIZARD
THE NEW YORK GHOST
VOL. LXIII NO. 190871 - DAILY
MONDAY 6TH DECEMBER 1926
PRICE 0.05 DRAGOTS
★ SUNSET ★ FINAL EDITION LAST MINUTE UPDATES
WEATHER
WEST COAST SUPPLEMENT EVERY THURSDAY
THE FLAP OF THE CAPE
RECRUITMENT - Pg 3
POTIONS - Pg 6
SPELLS - Pg 7
INTERNATIONAL - Pg 8
LITTLE WIZARDS - Pg 9
THE NEW YORK GHOST SUBSCRIPTION 12 months 5 Dragots

MAGICAL DISTURBANCES RISK WIZARDING EXPOSURE

THE MACUSA INDEX OF MAGICAL EXPOSURE THREAT – No 50.26
Data provided by the Surveillance Dept.

MACUSA ON MAXIMUM ALERT - FULL REPORT PG.13

• International Confederation of Wizards called for emergency meeting. Pgs 15/17

PRESIDENT SERAPHINA PICQUERY TO ADDRESS FEARFUL AMERICAN WIZARDING COMMUNITY
Thousands of letters will be dispatched across America from tomorrow. Owls on stand by.

CULTURE
WIZZJAZZ TAKES NEW YORK BY STORM
Revered tome "Big Foot Last Stand" gets Wizard Broadway adaptation

SPORTS
WIZARDS INTRIGUED YET FASCINATED BY NO-MAJ "BASEBALL"
Fitchburg Finches scores high at the USA Quidditch League

WIZBIZ
Dragots value hit by low potions exports

GELLERT GRINDELWALD INTERNATIONAL WIZARD HUNT INTENSIFIES

What is this perplexing sinister aura?

HUNDREDS OF FORGED WAND PERMITS INTERCEPTED. A CONNECTION WITH CURRENT UNEXPLAINABLE EVENTS?

Suspicious Wizards questioned by MACUSA officials

THE MIDWEST ASSOCIATION OF WARLOCKS & WITCHES QUESTIONING MACUSA'S DEFENSE EFFORTS

EDITORIAL

"WITCHES LIVE AMONG US!"
No-Majes consider Second Salamers' claim. Further threat to wizarding secrecy?

No-Maj Holiday Season threatened by mysterious explosions. Panic soars.

BECOME AN OBLIVIATOR! RECRUITING NOW EVERY HALF MOON OF THE MONTH

CAIXA PRETA

Newt sabe que o Obscurus não é um mito. Quando viajou para o Sudão, ele encontrou uma Obscurial, uma garota de oito anos. Quando a garota morreu, ele capturou seu Obscurus e o colocou em uma caixinha preta, para poder estudá-lo em segurança.

RUAS DA CIDADE

O Obscurus destrói paredes e estilhaça janelas aonde quer que vá, uma visão apavorante tanto para SemMags quanto para bruxas e bruxos.

PREFEITURA

O Obscurus explode a porta do opulento prédio da Prefeitura, passa pelas mesas de doadores abastados e vai direto até o homem do momento: o senador Henry Shaw Jr.

ORGANIZAÇÕES

CONGRESSO MÁGICO DOS ESTADOS UNIDOS DA AMÉRICA

O MINISTÉRIO DA MAGIA GOVERNA A COMUNIDADE BRUXA DA GRÃ-BRETANHA, E O MACUSA, A DOS ESTADOS UNIDOS.

RECEPÇÃO CALOROSA

Uma coruja desce do poleiro no alto da parte externa do Woolworth Building, rodopiando na porta giratória e permitindo que bruxas e bruxos entrem no saguão do MACUSA. Lá dentro, duas majestosas estátuas de fênix recebem os visitantes.

RELÓGIO INDICADOR DE NÍVEL DE AMEAÇA DE EXPOSIÇÃO À MAGIA

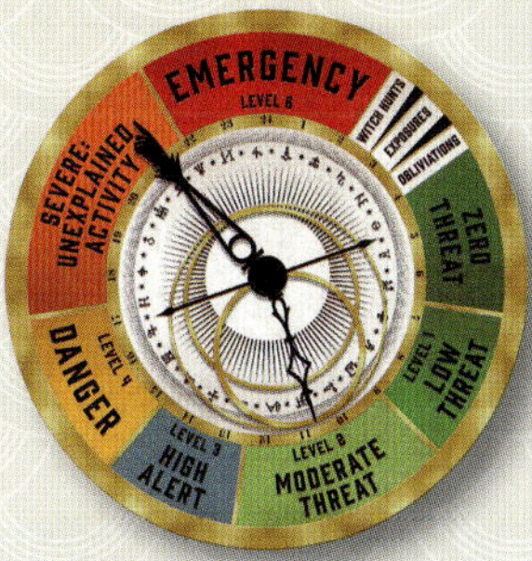

Um mostrador grande movido a engrenagens avalia o nível de ameaça à comunidade bruxa. Quando Newt e Tina entram no prédio, o mostrador está apontando para SEVERA: ATIVIDADE INEXPLICADA por causa dos ataques misteriosos acontecendo em Nova York.

ELEVADOR

Um elevador leva os passageiros para cima e para baixo pelo arranha-céu mágico. Red, o ascensorista, opera os controles dentro do elevador, usando uma vareta com uma garra na ponta para alcançar os botões mais altos.

ARMAGEDON MUNDIAL

O que mais assusta os líderes do MACUSA é a potencial exposição ao mundo SemMag. Se descobrirem que bruxos e bruxas são mais do que boato – se os SemMags descobrirem que eles existem –, pode haver histeria e conflitos bem piores do que qualquer coisa no passado.

CÂMARA CONGRESSIONAL

O CORAÇÃO DO MACUSA É A CÂMARA CONGRESSIONAL, UM APOSENTO AMPLO COM ESPAÇO PARA GRANDES REUNIÕES.

ASCENSÃO DA FÊNIX

Uma tapeçaria pendurada acima da cadeira presidencial exibe o símbolo do MACUSA – uma fênix surgindo de um raio de sol.

CONFEDERAÇÃO INTERNACIONAL DE BRUXOS E BRUXAS

Representantes do MACUSA e integrantes da Confederação Internacional se reúnem no Espaço Pentagrama com a presidente Picquery para discutir questões de importância internacional.

INVESTIGAÇÃO DO COMITÊ

Os representantes internacionais se juntam ao questionamento da presidente Picquery a Newt Scamander. Enquanto todos escutam atentamente ao interrogatório, ninguém se manifesta em defesa do magizoólogo, nem em concordância com a declaração de Newt de que um Obscurus, não suas criaturas fugidas, está por trás das estranhas ocorrências em Nova York.

PORÃO

MUITAS BRUXAS E BRUXOS TRABALHAM NOS BASTIDORES EM VÁRIOS ESCRITÓRIOS BUROCRÁTICOS LOCALIZADOS EMBAIXO DO SAGUÃO DO MACUSA.

GABINETE DE LICENCIAMENTO DE VARINHAS

A legislação bruxa do MACUSA declara que um bruxo ou uma bruxa não pode portar varinha nos Estados Unidos sem autorização. Esse departamento emite e registra todas as licenças. Tina e Queenie Goldstein trabalham em um espaço um pouco maior do que um armário, cheio de pedidos que precisam ser registrados.

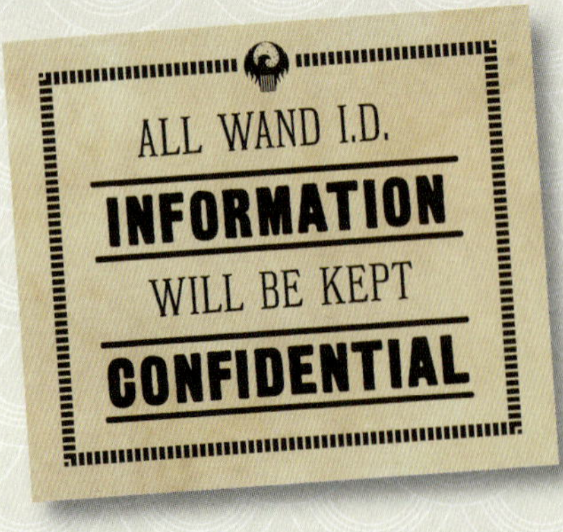

CELAS

O MACUSA também tem celas para conter pessoas que as autoridades julgam perigosas ou necessitando reabilitação.

CANÇÃO DO CARRASCO

Depois que Percival Graves termina de interrogar Newt e Tina na sala de interrogatórios, ele os envia para as celas subterrâneas, onde os dois aguardarão a execução.

DEDOS ÁGEIS

Newt tem um jeito de se soltar das algemas que não envolve o uso da varinha. O amiguinho que fica escondido atrás da lapela do casaco, um Tronquilho chamado Pickett, insere o corpo fino nas algemas e as destranca por dentro.

SOCIEDADE FILANTRÓPICA DA NOVA SALEM

O OBJETIVO PRINCIPAL DA SOCIEDADE É INFORMAR O PÚBLICO SOBRE OS BRUXOS E BRUXAS "PERIGOSOS" QUE CONVIVEM COM O POVO NÃO MÁGICO. OS SEGUIDORES DA SOCIEDADE, QUE SE INTITULAM SEGUNDOS SALEMERIANOS, QUEREM REPETIR OS JULGAMENTOS DAS BRUXAS DE SALEM DE ANTIGAMENTE.

PROPAGANDA IMPRESSA

Mary Lou faz questão de sempre ter muitos panfletos de divulgação à mão e os distribui aos interessados em ouvir sua mensagem – e também para os não interessados. Ela e os filhos imprimem esses panfletos com prensas velhas que mantêm na igreja.

FALANDO EM PÚBLICO

Sempre que tem oportunidade, Mary Lou aproveita para espalhar sua mensagem antibruxaria. Ela fala com entusiasmo para qualquer grupo de pessoas disposto a ouvir.

OUTROS MEMBROS

Além da família Barebone, Langdon Shaw também se interessa pelo movimento da Sociedade. Ele acredita que pode haver verdade na mensagem de Mary Lou.

COTA INJUSTA

Mary Lou fica feliz em oferecer porções gratuitas de comida para as crianças que ajudarem a espalhar a mensagem da Sociedade.

NS.P.S.

LOCAIS

A GRANDE MAÇÃ

Nova York era a capital cultural, financeira e industrial dos Estados Unidos nos anos 1920. Pessoas de todo o mundo abandonavam seus lares para começar uma nova vida na maior cidade norte-americana.

OS AGITADOS ANOS 1920

Jazz, conversíveis, clubes noturnos e um estilo de vida acelerado tornavam a década de 1920 agitada depois dos anos deprimentes da Grande Guerra.

RICOS E POBRES

Os jornais e revistas costumavam apresentar uma era de prosperidade econômica aos leitores. Todo mundo parecia estar vivendo bem e se divertindo; no entanto, para milhões de norte-americanos, isso era ilusão. Os pobres trabalhadores sofriam da mesma forma que nos anos anteriores, sonhando alto, mas raramente conseguindo obter os recursos para alcançar seus desejos, como acontecia com Jacob e seu sonho de ter uma padaria.

CUSTOMS.

CHEGADA A NOVA YORK

Newt Scamander está entre os milhares de pessoas que viajam para Nova York em um navio a vapor atravessando o planeta. Muitos imigrantes esperam conseguir uma vida melhor do que a que deixaram para trás, mas Newt tem um objetivo diferente. Ele quer devolver um de seus animais, Frank, o Thunderbird, a seu habitat no Arizona.

IMIGRAÇÃO EM MASSA

Muitos imigrantes esperavam conseguir um pouco do sonho americano, mas, ao chegar, se veem ganhando poucas moedas em condições deploráveis. Vários deles são obrigados a fazer trabalhos braçais complexos, ou a trabalhar em minas sem segurança e em fábricas perigosas.

ESTÁTUA DA LIBERDADE

Uma escultura enorme da deusa romana *Libertas*, a Estátua da Liberdade cumprimenta os viajantes cansados que chegam a Nova York.

CONEY ISLAND

Os recém-chegados costumam ficar impressionados ao verem pela primeira vez uma das atrações principais de Nova York, Coney Island. O parque de diversões ilumina toda a ilha com carrosséis, rodas-gigantes e montanhas-russas.

ALFÂNDEGA

Os funcionários da alfândega são responsáveis por fiscalizar os passaportes e documentos de viagem de todos os recém-chegados aos Estados Unidos. Também é função deles inspecionar as malas dos viajantes. Essa interação é difícil para Newt, que não pode revelar que é na verdade um magizoólogo carregando dezenas de animais fantásticos!

VERIFICAÇÃO DE BAGAGEM

Newt muda sorrateiramente um botão na mala para a opção "Versão Trouxa", para que o conteúdo da mala mude magicamente dos biomas dos animais fantásticos para pertences comuns.

BANCO NACIONAL STEEL

Jacob vai ao Banco Nacional Steel, que pode emprestar os fundos de que precisa para abrir sua padaria. O Pelúcio de Newt entra por um motivo diferente – para colocar no bolso que tem na barriga o tesouro de objetos brilhantes encontrado no banco!

SAGUÃO

Newt deixa cair um ovo prateado enquanto procura o Pelúcio fujão. O ovo prateado pertence a um Occami, outro animal de Newt. Jacob pega o ovo prateado – o que desencadeia uma série de eventos revolucionários que o jogam no meio do mundo da magia.

SALA DO GERENTE DO BANCO

O sr. Bingley escuta com desânimo a conversa de negócios de Jacob antes de negar o empréstimo. Ele não está interessado em arriscar em alguém como Jacob.

GUARDAS DO BANCO

Os guardas do Banco Nacional Steen estão preparados para ladrões com armas, mas não para bruxos com varinhas.

COFRES

Trancas e cofres não vão impedir o Pelúcio de entrar na sala que guarda centenas de objetos cintilantes e brilhantes.

WOOLWORTH BUILDING

Quando ficou pronto em 1913, o Woolworth Building era o prédio mais alto do mundo. Seus sessenta andares deixaram uma marca permanente na paisagem da cidade.

CINCO CENTAVOS

Frank Winfield Woolworth abriu a "Grande Loja de Cinco Centavos Woolworth" no final dos anos 1800. Seu conceito revolucionário era vender produtos ao público em geral por preços que as pessoas podiam pagar, o que naquela época era por volta de cinco centavos.

BASE PRINCIPAL

Em 1910, a Woolworth Company tinha ficado tão grande que precisava de um quartel-general corporativo. Frank Woolworth pagou pela construção de um prédio no centro de Manhattan, no número 233 da Broadway.

CORUJA DE PEDRA

Gárgulas ornamentam a terracota exterior do prédio, assim como uma coruja. Para aqueles que têm ascendência bruxa, a coruja não é decoração de pedra – ela é capaz de reconhecer quem é bruxo e bruxa e levá-los até um mundo mágico, o Congresso Mágico dos Estados Unidos da América.

O APARTAMENTO DE JACOB

Jacob Kowalski mora em um bairro polonês no Lower East Side.

CORTIÇO

Muitos dos imigrantes do começo dos anos 1900 não tinham recursos para pagar moradia adequada, o que os obrigava a encontrar abrigo em prédios mal construídos e de muitos andares chamados cortiços. Esses cortiços costumavam ser sujos e inseguros.

SAÍDA DE EMERGÊNCIA

Jacob não entra nem sai do apartamento usando algo comum como uma porta da frente. Ele sobe por uma escada de incêndio e passa por uma janela quebrada.

LAR, DOCE LAR

Assim como seu estilo de vida, a mobília do apartamento de Jacob é bem modesta. Pode não ser muito, mas é seu lar, e as delícias que Jacob prepara dão ao pequeno apartamento personalidade e aconchego. Mas, quando um dos animais de Newt escapa da mala mágica, o apartamento de Jacob fica totalmente destruído – até Newt chegar e reverter o estrago.

RESIDÊNCIA GOLDSTEIN

Tina e Queenie alugam um apartamento em um prédio antigo. Não é nem um pouco luxuoso, mas as duas irmãs o enchem com suas coisas favoritas, o que traz conforto e aconchego ao local.

SRA. ESPOSITO

A senhoria do prédio tem várias regras para os inquilinos. A principal é que estranhos, principalmente homens, não são permitidos. Newt e Jacob precisam ser discretos, o que não é fácil, pois eles estão carregando uma mala cheia de animais fantásticos!

COZINHA

Queenie tem gosto pelas artes culinárias e consegue preparar rapidamente o jantar com um único movimento de punho.

SALA DE ESTAR

Queenie mantém um manequim na sala, que ela usa para criar trajes fabulosos.

QUARTO

Em uma extremidade do apartamento, há duas camas de solteiro embaixo de janelas grandes. Tina força Newt e Jacob a ficarem lá enquanto decidem como resolver a confusão provocada na cidade pelos animais de Newt que fugiram.

IGREJA SFNS

Mary Lou Barebone usa uma igreja abandonada como lar e como quartel-general do movimento Sociedade Filantrópica da Nova Salem.

LAR INFELIZ

A família Barebone mora em aposentos pouco mobiliados no andar de cima da igreja. Apesar de permanecerem todos juntos, a igreja está longe de ser um lar feliz para as crianças, pois Mary Lou as comanda com punho de ferro.

SÓ TRABALHO, SEM BRINCADEIRAS

Credence, Chastity e Modesty são vigiados atentamente pela mãe. Ela os usa para recrutar outras crianças para a causa com oferta de comida em troca de distribuição de panfletos. Para as muitas crianças de Nova York passando fome, parece uma boa troca.

TORRES SHAW

Os prédios altos de Nova York formam uma floresta de aço que parece arranhar o próprio céu. As Torres Shaw se destacam com orgulho entre eles; uma estrutura opulenta de janelas de vidro que cintila e brilha à luz do sol.

ESTILO INDUSTRIAL

Tanto o exterior quanto o interior das Torres Shaw refletem o estilo da época. Esse estilo arquitetônico misturava a marca suave e industrial das máquinas com cores ousadas e um toque geométrico.

BARKER

Antes de se encontrar com o magnata dos jornais Henry Shaw, é preciso passar pelo assistente dele, Barker. Essa tarefa não é fácil – nem mesmo para Langdon, o filho mais novo de Shaw.

ESCRITÓRIO EXECUTIVO

De seu luxuoso escritório, Henry Shaw Sr. controla seu império jornalístico. Entre os jornais que ele lidera estão o *New York Clarion*, o *Massachusetts Herald* e o *Washington Enquirer*. Essas publicações servem como porta-vozes de Shaw, abordando os assuntos e histórias que ele quer que sejam cobertos.

O BARRACÃO DE NEWT

No mundo dentro da mala, Newt construiu um barracão especial. Essa estrutura de madeira abriga todos os dispositivos que ele usa nas viagens para pegar animais fantásticos, de equipamento tropical a frascos, redes e picaretas.

PELLETS DE BEZERRO APAIXONADO

Jacob pega esses pellets no barracão de Newt e espalha para que os Bezerros Apaixonados comam no campo. As dóceis criaturas demonstram agradecimento se encostando nele.

O MANUSCRITO DE NEWT

Em uma escrivaninha no barracão de Newt há uma pilha de páginas de manuscrito do livro, junto com um bestiário medieval que ele usa como material de referência. Quando terminado, Newt espera que *Animais fantásticos e onde habitam* se torne o livro mais importante sobre o assunto e ensine seus leitores a fazer todo o possível para proteger essas criaturas incríveis.

BIOMAS

Atrás do barracão ficam os vários habitats que Newt estabeleceu para guardar seus animais resgatados. Frank, o Thunderbird, mora em uma área desértica bem parecida com a do sudoeste dos Estados Unidos. Os Tronquilhos apreciam os galhos de um bambu, junto com um Seminviso chamado Dougal. Em um campo banhado pela luz da lua cheia pastam os gentis Bezerros Apaixonados. Os animais vivem felizes e em paz, não mais sob ameaça de violência ou extinção.

DIAMOND DISTRICT

As lojas desse bairro vendem pedras preciosas e joias caras. Muitos dos diamantes dos Estados Unidos passam pelos joalheiros do Diamond District de Nova York.

QUEBRAR E PEGAR

As joias cintilantes exibidas nas vitrines das lojas atraem o Pelúcio como se fossem um banquete de Natal. Motivado por uma necessidade insaciável de pegar todas as coisas brilhantes que consegue encontrar, o Pelúcio quebra a janela de uma loja e enche o bolso com joias.

PEGOS NO FLAGRA

Quando Newt e Jacob tentam pegar o Pelúcio, a situação fica caótica, e eles acabam cobertos de joias roubadas bem na hora da chegada da polícia.

ZOOLÓGICO DO CENTRAL PARK

No zoológico do Central Park, em Manhattan, os visitantes podem ver macacos, leões, ursos e outros animais não mágicos.

ERUMPENTE À SOLTA

Os habitats no zoológico do Central Park não são tão elaborados quanto os que Newt constrói dentro de sua mala, mas isso não impede um de seus animais de querer visitá-lo! Quando a Erumpente entra correndo no zoológico, quebra muitas cercas e jaulas, soltando os bichos e incitando um pandemônio generalizado.

MAGIA DE MACACO

Sem querer ficar de fora da diversão, um babuíno pega a varinha de Newt e começa a gesticular com ela. Antes que qualquer dano possa ser feito, Newt chama a varinha de volta, e o impacto do feitiço empurra o macaco para trás. Newt recupera a varinha e pede desculpas à criatura por queimar seus pelos.

ALMÍSCAR DE ERUMPENTE

A fuga da Erumpente tem motivação biológica – é a época de acasalamento do animal! Quando Newt molha Jacob acidentalmente com aroma de Erumpente macho, ele se torna o par desejado dela.

PREFEITURA

A Prefeitura extravagante de Nova York é o pilar do governo municipal. Uma longa escadaria de pedra leva a um pavilhão central que abriga muitas cerimônias, como o evento beneficente de reeleição do senador Henry Shaw Jr.

SALEM DÁ UM PASSO

Mary Lou Barebone leva sua causa para a Prefeitura no meio de um banquete para o senador Shaw. Ela protesta contra bruxas e todos os que negam a existência delas. A multidão reunida ao seu redor vê provas que sustentam o que ela diz – uma sombra preta ameaçadora que se aproxima da Prefeitura.

JANTAR

O senador Shaw precisa vencer a reeleição se quiser manter seu poder político, então um jantar em sua homenagem é oferecido aos doadores ricos da campanha. O senador não desconfia que o discurso que faz será seu último.

SHAW
AMERICA'S FUTURE

LOJA DE DEPARTAMENTOS

As lojas de departamentos de Nova York não poupam na decoração para as compras de Natal.

ESPÍRITO NATALINO

Um feitiço mágico que Newt faz para localizar os outros animais que fugiram leva ele e Tina até uma loja de departamentos imensa. Os dois têm um momento especial debaixo de uma árvore de Natal antes de descobrirem que Dougal, um Seminviso invisível, está lá para cuidar do Occami recém-saído do ovo de Newt.

ISCA DE BARATA

Para pegar o Occami, Jacob solta uma barata em um bule de chá. O Occami faminto vai direto para cima e se encolhe para caber no bule. Isso permite que Tina pegue o animal e o devolva para a mala de Newt.

O PORCO CEGO

Assim como os SemMags, os bruxos e as bruxas têm seus bares favoritos.

PORTO SEGURO

Depois de fugir do calabouço do MACUSA, Newt e seus amigos precisam de um lugar onde pegar informações. Tina leva todos para um bar clandestino pouco conhecido, O Porco Cego – e para um informante que talvez seja capaz de ajudá-los, o duende dono do bar, Gnarlak.

FALA MANSA

Quando estão do lado de fora dos bares clandestinos, os clientes precisam falar baixo para não chamar a atenção das autoridades e assim evitar que o estabelecimento seja fechado. Mas, do lado de dentro, a atmosfera do lugar é vibrante, com música, conversas e diversão.

ÁGUA DE RISADAS

As bebidas servidas pelos elfos domésticos podem provocar ataques de risadas até aos bruxos e às bruxas mais fortes.

MÚSICA AO VIVO

Cantores entoam as músicas da moda na comunidade bruxa para uma plateia atenta.

Lips That Charm!
THE BLIND PIG
Enchanting. Beguiling. Alluring.
Manufactured in Milwaukee, WI.

TIMES SQUARE

Situada no centro de Manhattan, a Times Square vibra com energia própria. Letreiros elétricos enormes ardem e piscam sem parar, anunciando tudo, de jornais a chiclete. Salões de vaudeville e teatros apresentam os shows mais novos e populares, enquanto as lojas seduzem os turistas com cartões-postais e lembranças. A praça fica lotada de gente todas as horas do dia e da noite, transformando Nova York na cidade que nunca dorme.

METRÔ

Depois do sucesso das linhas subterrâneas em Londres e Boston, Nova York construiu seu sistema subterrâneo de transporte rápido em 1904, chamando-o de metrô. Nos anos 1920, os trens levavam passageiros para qualquer lugar de Manhattan, Brooklyn e Queens.

VARINHAS MÁGICAS E FEITIÇOS

VARINHAS BRUXAS

A maioria dos feitiços exige uma varinha para serem executados e direcionados. As varinhas canalizam a energia mágica do bruxo e o feitiço para que tenham o efeito desejado. Cada varinha tem personalidade própria – alguns diriam inteligência – que combina com a bruxa ou o bruxo.

Tina Goldstein

Newt Scamander

Seraphina Picquery

Queenie Goldstein

Percival Graves

FEITIÇOS

Desde a descoberta da magia, bruxas e bruxos estudam, praticam e até inventam feitiços que combinam com seus talentos e instintos. Estes são só alguns dos muitos feitiços usados ao longo dos séculos:

ABERTO

✶ Abre portas e portais

ACCIO

✶ Traz um objeto próximo para quem o chama

LEGILIMENS

✶ Clarividência para ler os pensamentos de outra pessoa, mesmo de uma longa distância

LOCOMOTOR

✶ Move objetos de acordo com a direção de quem lança o feitiço

OBLIVIATE

✶ Apaga lembranças do cérebro de uma pessoa

OFFERO

✶ Devolve elementos a seu estado prévio

REPARO

✶ Conserta objetos quebrados e os devolve ao estado original

STUPEFAÇA

✶ Atordoa o alvo pretendido

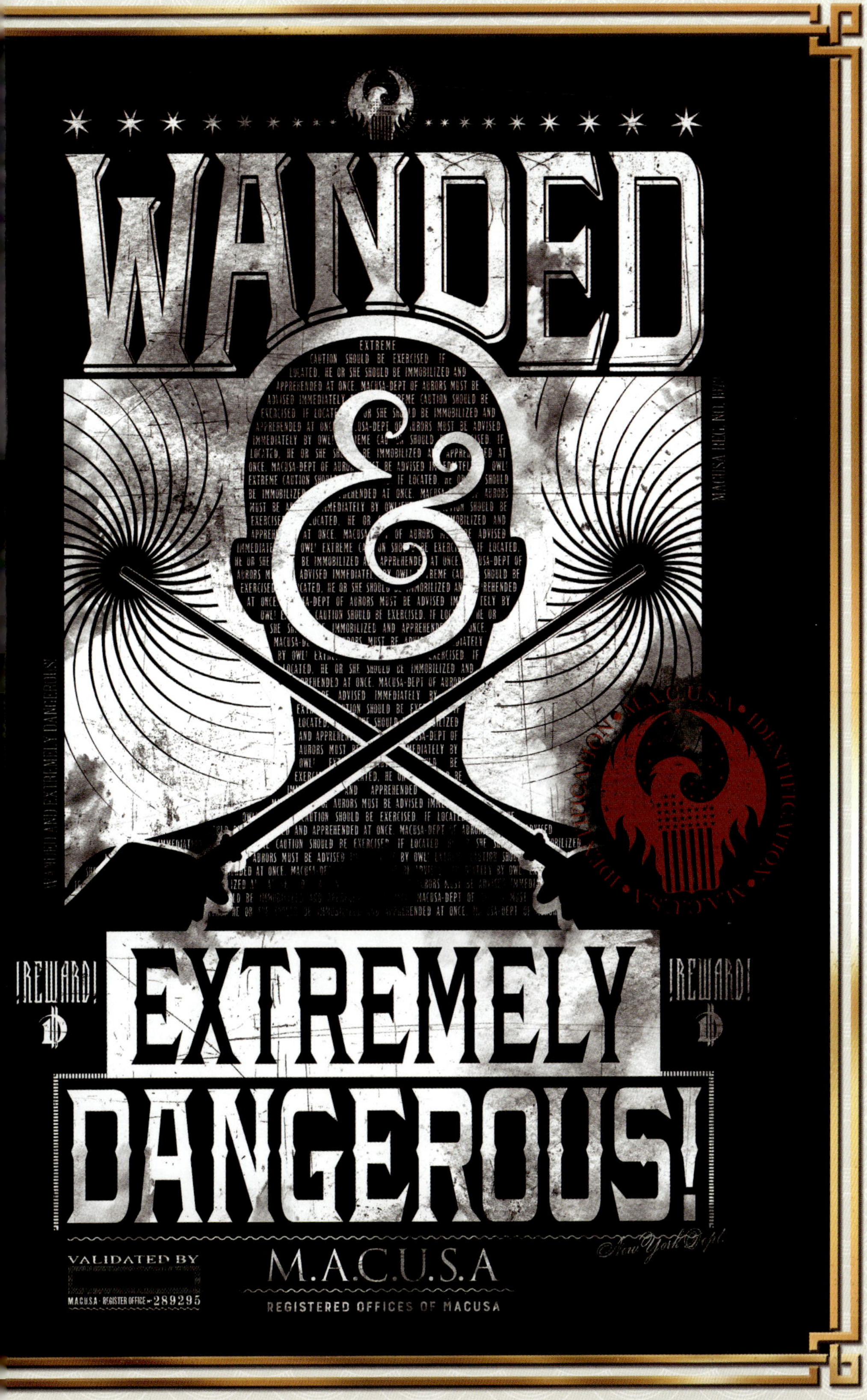
WANDED
&
EXTREME CAUTION SHOULD BE EXERCISED. IF LOCATED, HE OR SHE SHOULD BE IMMOBILIZED AND APPREHENDED AT ONCE. MACUSA-DEPT OF AURORS MUST BE ADVISED IMMEDIATELY BY OWL!
!REWARD!
!REWARD!
EXTREMELY
DANGEROUS!
VALIDATED BY
MACUSA · REGISTER OFFICE № 289295
M.A.C.U.S.A
REGISTERED OFFICES OF MACUSA
New York Dept.

OBLIVIAT

ACCIO

STUPEFY